Renate Welsh
Würstel und Kukuruz

D1629375

Die Autorin:

Die Österreicherin Renate Welsh lebt als freie Schriftstellerin in Wien.
Sie hat viele Kinder- und Jugendbücher geschrieben, die zu kritischer
und selbstkritischer Auseinandersetzung herausfordern. 1977 und 1978
erhielt Renate Welsh den Österreichischen Staatspreis und den Preis der
Stadt Wien, 1978 den Friedrich-Bödecker-Preis und schließlich 1980
den Deutschen Jugendbuchpreis für das Buch ›Johanna‹. Ihre jüngsten
Bücher tragen die Titel ›Wie in fremden Schuhen‹ (Österreichischer
Staatspreis), ›Einfach dazugehören. 19 Erzählungen zum Thema Adop-
tion‹ und ›Eine Hand zum Anfassen‹.
Bücher der bekannten Autorin bei dtv junior: siehe Seite 4

Renate Welsh

Würstel
und Kukuruz

Deutscher
Taschenbuch
Verlag

Illustrationen von Franz S. Sklenitzka

Titel der Originalausgabe: ›Würstel mit Kukuruz‹

Von Renate Welsh sind außerdem bei dtv junior lieferbar:

In der Reihe für Leseanfänger:
Das Vamperl (große Druckschrift), Band 7562
Ein Geburtstag für Kitty (große Druckschrift), Band 7557

dtv pocket:
Drittes Bett links, Band 7849
Ich verstehe die Trommel nicht mehr (Herausgabe), Band 7836

Ungekürzte Ausgabe
September 1987
Deutscher Taschenbuch Verlag GmbH & Co. KG, München
© 1984 Dachs-Verlag – Kinder- und Jugendbücher aus der
Bohmann Druck- und Verlag Gesellschaft mbH & Co. KG., Wien
© 1984 K. Thienemanns Verlag, Stuttgart
ISBN 3-522-15010-4
Umschlaggestaltung: Celestino Piatti
Umschlagbild: Ingrid Kellner
Gesetzt aus der Garamond 14/16˙
Gesamtherstellung: Kösel, Kempten
Printed in Germany · ISBN 3-423-07581-3

Als die Eltern sagten: »Wir machen
Urlaub auf dem Bauernhof«,
da freute sich Sonja.
Sie stellte sich den Bauernhof so vor
wie den im Kinderzimmer:
mit Kühen und Kälbern,
mit Schafen und Lämmern,
mit Hühnern und Gänsen und Enten.
Vor allem aber mit Pferden und Fohlen.
Als die Eltern sagten:
»Der Bauer hat einen Buben,
der ist genauso alt wie du,
Peter heißt er«, –
da freute sich Sonja noch einmal.
Zwei Wochen lang hat sie sich gefreut,
jeden Tag ein bißchen mehr.

Am Freitagnachmittag kommen sie
im Dorf an.
»Wir sind da«, sagt der Vater,
»das ist der Hausnerhof.«
Er stellt das Auto

unter den großen Kastanienbaum.
Die Eltern holen die Koffer
und Taschen heraus.
Der Hof hat ein breites grünes Tor.
Sonja muß sich strecken,
um die Türklinke zu erreichen.
Das muß sie sonst schon lang nicht mehr.
Das Tor knarrt laut, als Sonja es öffnet.
Da stürmt ein Riesenhund auf sie zu.

Sein Schwanz fegt hin und her.
Sonja bleibt erschrocken stehen.
Der Riesenhund bleibt nicht stehen.
Er springt an Sonja hoch.

Er legt beide Pfoten auf ihre Schultern
und wirft sie um.
Sie landet mitten in der Pfütze.
Über ihr ist das Riesen-Hunde-Maul.
Jetzt fährt auch noch
die Riesen-Hunde-Zunge
über Sonjas Gesicht.
Sie schreit.
Der Riesenhund hechelt.
Die Eltern kommen gelaufen.
Eine Frau ruft: »Hierher, Barry!«
Die Frau packt den Riesenhund
am Halsband und sperrt ihn
in die Waschküche.
Sonja steht auf und versucht,
ihre Hose abzuputzen.
Davon wird sie noch dreckiger.
Auf der Treppe sitzt ein Bub und lacht.

Er hält sich den Bauch vor Lachen.
Das ärgert Sonja.
Die Bäuerin sagt: »Geh, Peter,
kannst du nicht grüßen?«
Peter lacht immer weiter.
Lachend steht er auf
und geht auf Sonja zu.
Lachend hält er ihr die Hand hin.
Sonja legt beide Hände auf den Rücken
und dreht sich weg.
Die Erwachsenen begrüßen einander.
»Der Peter meint's nicht bös«,
sagt die Frau Hausner.
»Kinder sind halt so«, sagt der Vater.
Das ärgert Sonja noch mehr.
Auf der Dorfstraße geht ein Bub vorbei
und pfeift laut.
Peter rennt zu ihm hinaus.

Die Frau Hausner zeigt die Gästezimmer,
ein großes für die Eltern,
ein kleines für Sonja.
Sonja packt ihre Sachen aus.
Sie pfeffert alles in den Schrank.
Quer durch das halbe Zimmer.
Das hilft ein bißchen.
Sonja knüllt eine Unterhose zu
einem Ball. Der Unterhosenball
landet genau in der Mitte des Regals.
Im Zimmer riecht es gut nach Holz
und nach Wärme.
Sonjas Wut geht die Luft aus.
Wie die Luft aus einem Ballon zischt,
nur langsamer.

Die Mutter kommt
und holt Sonja,
um mit ihr den Hof
anzuschauen.
Sie geht mit Sonja
in den Stall.
Knapp über ihren
Köpfen flitzt
eine Schwalbe
hinaus ins Freie.

Die Melkmaschine läuft.
Die Kühe stehen da und glotzen,
als ginge sie das alles nichts an.
In einem Verschlag ist ein
schwarz-weißes Kälbchen.
Ganz kleine Locken hat es auf der Stirn.

Sonja krault es.
Unter den Locken spürt sie
die harten Knochen.
Sie spürt, wo einmal
die Hörner wachsen werden.
Das Kälbchen steckt sein weiches Maul
in ihre Hand. Das kitzelt.
»Maxl heißt er«, sagt Peter,
»er ist gerade zehn Tage alt.«
Die großen Kühe wedeln mit ihren
Schwänzen die Fliegen weg.

Sonja springt jedesmal zurück.
Einen Kuhschwanz im Gesicht,
das mag sie nicht so gern.

»Wo sind die Pferde?« fragt sie.
»Komm, ich zeig sie dir«, sagt Peter.
Er führt Sonja in den Schuppen.
Dort stehen zwei Traktoren.
Einer ist rot, einer ist gelb.
Beide sind riesig.
Peter zeigt auf die Traktoren.

»Da sind sie. Das sind unsere Pferde.«
Er lacht schon wieder. »Hast du ihnen
Zucker mitgebracht?«
Sonjas eingeschrumpelte Wut
wird wieder groß.
Gleich wird sie platzen.
»Du bist ganz schön blöd!« sagt Sonja.

Am Abend sitzen alle in der
großen Küche beim Essen.
Es gibt Brot, das die Bäuerin
selbst gebacken hat.
Dazu Speck, den sie selbst
geselcht hat.
Und Gurken, die sie selbst
gepflanzt hat.
Die Erwachsenen reden miteinander.
Die Kinder reden nicht miteinander.
Die Bäuerin stupst Peter an.
Die Mutter stupst Sonja an.
Peter starrt in die rechte Küchenecke.
Sonja starrt in die linke Küchenecke.

Als die Mutter Sonja ins Bett bringt,
sagt sie: »Der Peter ist doch
ein ganz netter Bub.«
Sonja zuckt mit den Schultern.
›Dem werd ich's noch zeigen‹, denkt sie,
›der wird aber schauen!‹
Sie kann lange nicht einschlafen.
Überall knackt es und knarrt es
und kracht es.
Plötzlich fängt auch noch ein
schreckliches Gejaule und Gewimmer
und Gekreische an.
Der Vater kommt herüber.
»Hab keine Angst«, sagt er,
»das sind nur die Kater.«
Sonja kuschelt sich an ihn.
»Aber die schreien ja ganz furchtbar!
Als ob ihnen was wehtut.
Du mußt ihnen helfen!«
Der Vater schüttelt den Kopf.
»Die singen«, sagt er. »Das sind ihre
Liebeslieder.«

»Liebeslieder?« fragt Sonja,
»die sind ja scheußlich!«
»Dir sollen sie auch nicht gefallen«,
erklärt der Vater, »sondern den
Katzendamen. Und die finden
sie schön.«
Er bleibt eine Weile
an Sonjas Bett sitzen.
Seine Hand liegt groß
und schwer auf ihrem Arm.
Sonja schläft ein.

Am Morgen scheint die Sonne
auf Sonjas Kopfkissen.
Ein Hahn kräht.

Sonja läuft zu den Eltern.
Die wollten gerade nachsehen,
ob sie schon wach ist.
Das Frühstück steht in der Küche.
Die Bauersleute sind nicht da.
Die arbeiten längst auf den Feldern.
Sonja öffnet vorsichtig
die Tür zum Hof.
Barry liegt angekettet
in seiner Hütte.
Er blinzelt mit einem Auge.

Frau Hausner kommt
auf dem Traktor angefahren.
Neben ihr sitzt Peter.

Der Anhänger ist hoch beladen mit Heu.
Das Heu duftet.
Frau Hausner nimmt die große Heugabel.
Sie steigt auf den Anhänger.
Mit Schwung wirft sie das Heu
in die Luke über dem Stall.
Sonja möchte das auch versuchen.
Es sieht ganz leicht aus.
»Darf ich helfen?« fragt sie.
Peter lacht.
Frau Hausner sagt: »Kannst es gern
probieren. Aber ich glaub, es wird
zu schwer sein für dich.«
Sonja holt eine zweite Heugabel
aus dem Schuppen.
Sie klettert auf den Anhänger.
Sie sticht mit der Heugabel
in den Heuhaufen.
Die Heugabel bleibt stecken.
Sonja zerrt und reißt.
Die Heugabel gibt nicht nach.
Plötzlich ist die Heugabel frei,

und Sonja sitzt auf dem Anhänger.
Sie bemüht sich, so zu tun,
als hätte sie sich nur eben hingesetzt.
Dann nimmt sie Heu von ganz oben,
ein kleines Büschel nur,
und wirft es hoch.
Viele trockene Grashalme schweben
hinunter in den Hof. Da liegen sie,
rings um den Anhänger verstreut.
Kein einziger ist in der Luke
gelandet.
Peter lacht.
Der kann überhaupt nichts
außer lachen.
Sonja schaut ihn nicht an.
Sie versucht es noch einmal
und noch einmal.
Ab und zu landen
ein paar Halme in der Luke.
Die meisten fallen zurück
auf den Anhänger.
Sonjas Arme werden schwer.

Sonjas Handflächen tun weh.
Halme kitzeln in Sonjas Bluse.
Frau Hausner sagt: »Kränk dich nicht.
Heuen ist eine ziemlich schwere
Arbeit, auch für Große.«
Sie sieht Peter streng an.
Er hält sich die Hand vor den Mund.
Einen Augenblick lang ist er still,
dann prustet er los.
›Na warte‹, denkt Sonja.
Leider fällt ihr nicht ein,
worauf er warten soll.
Frau Hausner sagt:
»Wenn es deine Mama erlaubt,
kannst du mit auf die Wiese fahren.«
Sonja springt vom Anhänger
und läuft zu ihren Eltern.
»Darf ich mitfahren?«
Die Mutter schaut erschrocken auf.
»Nein, Sonja. Nicht mit dem Traktor.
Das ist zu gefährlich.«
»Aber warum? Der Peter darf auch!«

Die Mutter runzelt die Stirn.
»Es ist wirklich gefährlich«,
sagt der Vater.
»Jede Woche steht etwas über
Traktor-Unfälle in der Zeitung«,
sagt die Mutter.
»So ein Traktor kann umkippen...«
Sonja unterbricht sie.
»Autofahren ist auch gefährlich.
Und wir fahren trotzdem Auto.«
Die Mutter nickt.
Sonja drängelt weiter:
»Sogar im Fernsehen
zeigen sie die kaputten Autos.
Viel mehr kaputte Autos
als kaputte Traktoren.
Bitte, laßt mich doch mitfahren!«
Die Mutter schüttelt den Kopf.
»Nein, Sonja.«
»Aber warum nicht?«
»Weil wir Angst haben.«
»Warum habt ihr Angst?«

»Weil wir dich lieb haben.«
Die Mutter streichelt Sonja
über den Kopf.
Sonja gibt nicht auf.
»Und die Frau Hausner?
Hat sie den Peter nicht lieb?«
Die Mutter bekommt eine tiefe Falte
auf der Stirn. Eine gefährliche Falte.
Eine Du-machst-mich-noch-wahnsinnig-
mit-der-ewigen-Fragerei-Falte.
Aber sie bemüht sich,
geduldig zu bleiben.
»Sicher hat die Frau Hausner
den Peter lieb. Aber...«
»Aber was?«
»Aber ... vielleicht ist das anders,
wenn man jeden Tag mit dem Traktor
fährt. Ich hab jedenfalls Angst,
und ich will nicht, daß du fährst,
und damit basta!«
Sonja schimpft: »Weil du Angst hast,
darf ich nichts tun.«

»Nichts stimmt nicht«, sagt die
Mutter. »Nur manche Dinge nicht.
Gefährliche Dinge.«
Sonja meint: »Kinder, die nicht so
lieb gehabt werden, können mehr Spaß
haben. Das ist doch komisch.«
Auf der Dorfstraße tuckert
ein Traktor vorbei.
Im Anhänger sitzen sechs Kinder.

»Komm«, sagt die Mutter,
»wir gehen in den Wald.
Das ist doch auch schön.«
Sonja hat überhaupt keine Lust,
in den Wald zu gehen.
Sie trottet hinter den Eltern her.
Da hört sie von vorn etwas rieseln.
Ein winziger Bach überquert den Weg,
plätschert über einen großen Stein
und läuft zwischen Farnkräutern
bergab.

Sonja und die Eltern folgen dem Bach.
Unten in der Talsohle bauen sie einen
Damm aus Steinen und feuchtem Sand.

Das Wasser beginnt sich zu stauen.
Es wird ein kleiner See.
Sonja spritzt den Vater an.
Der Vater spritzt zurück.
Das Wasser ist kalt.
Die Tropfen glitzern.
Vögel zwitschern in den Bäumen.
Die Mutter sammelt
kleine Lärchenzapfen,
dicke Föhrenzapfen
und lange Fichtenzapfen.

Für den Tischschmuck zu Weihnachten.
Sonja fängt an zu singen:
»Leise rieselt der Schnee.«

Sie singt gern Weihnachtslieder
im Sommer.
Plötzlich ist ein Mückenschwarm da.
Der Vater fuchtelt mit den Armen.
Er schimpft: »Die hast du
herbeigesungen!«
Auf dem Heimweg finden sie reife
Himbeeren.

Leider wachsen zwischen
den Himbeerstauden Brennesseln,
mehr Brennesseln als Himbeeren.
Sonja pflückt einen Blumenstrauß:
weiße Margeriten und
blaue Glockenblumen,

lila Storchenschnabel und
rosarote Lichtnelken.
Die Mutter stellt den Strauß
auf den Küchentisch.
Frau Hausner freut sich.
»Schön sind die! Wir haben ja
überhaupt keine Zeit für so was.«
Sie gibt Knödel ins kochende Wasser.
Sonja findet die Frau Hausner sehr nett.
Sie kann nicht verstehen,
daß eine so nette Frau
einen so blöden Sohn hat.
Der Peter steht da und guckt Sonja an.
Guckt sie an mit so einem Blick.

Als sie am Abend aus dem Hoftor geht,
sitzt der Peter mit zwei anderen Buben
und einem Mädchen auf dem Holzzaun.
Das Mädchen hat Locken wie ein
Weihnachtsengel und Stern-Spucker-Augen.
Sie erzählt etwas, und alle hören zu.
Sie lacht, und alle lachen mit.
Sonja steht vor dem Tor
und blickt hinüber.
Nähergehen geht nicht.
Weggehen geht auch nicht.
Plötzlich sieht das Mädchen Sonja.
Sie hört auf zu reden.
Auch die anderen schauen Sonja an.
Sonja rennt ins Haus,
hinauf in ihr Zimmer.
Im Zimmer surrt
eine dicke Fliege herum.
Eine Fliege mit großen roten Augen.
Sonja wirft einen Schuh
nach der Fliege.

Aber sie trifft die Fliege nicht.
Dafür trifft sie die Lampe.
Die fällt zu Boden, klirrt und
zerbricht in tausend Stücke.
Sonja kann nicht einmal heulen.
Das Weinen steckt ihr im Hals.
Es geht nicht rauf und nicht runter.
Und die Eltern sitzen in der Küche
und tratschen.
Kümmern sich nicht um sie.
Dabei behaupten sie doch,
sie hätten sie so schrecklich lieb.
Die Fliege setzt sich auf eine
von den milchig-weißen Scherben.
Sie hebt die Hinterbeine hoch.
Macht direkt einen Handstand, und
putzt sich mit dem rechten Hinterbein
das linke Hinterbein.
Später kommt der Vater.
Er bleibt in der Tür stehen.
Sagt kein Wort über die
zerbrochene Lampe.

Nach einer Weile geht er zum Fenster.
»Sonja! Komm, schau!«
Sonja wird neugierig.
Hinter dem Haus sind lange Baumstämme
gestapelt. Auf einem Stamm liegt
eine grau-schwarze Ringelkatze.
Sechs kleine Kätzchen tapsen mit
erhobenen Schwänzen über den Stamm
hin zu ihrer Mutter.
Das siebente hängt seitlich
an dem Baumstamm. Mit drei Pfoten
hat es sich festgekrallt.
Mit der vierten wischt es
jedem seiner Geschwister
im Vorübergehen eins über.
Die Katzenkinder gucken um sich,
sehen nichts und tapsen weiter.
Nach unten guckt keines.
Sonja lacht.
Der Vater legt ihr den Arm
um die Schultern.

Am nächsten Tag nieselt es.
Man sieht kein einziges Fleckchen
Himmel, alles ist grau verhangen.
Auch die Regentropfen sieht man kaum,
so fein sind sie.
Man spürt sie nur.
»Herrliches Schwammerlwetter«,
sagt der Vater.

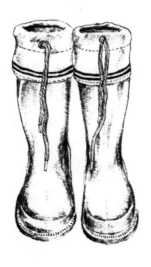

Sie ziehen die Gummistiefel an
und gehen in den Wald.

Der Wald ist ganz anders als gestern.
Er riecht auch anders.
»Nach Schwammerln riecht es«,
behauptet die Mutter. Der Vater sagt:
»Ich spür schon, wie schwer
der Korb ist. Lauter Schwammerlgeruch.«
Unter einer Birke finden sie
eine Fliegenpilzfamilie.
Wunderschön sieht sie aus
mit den roten Hüten
und den weißen Tupfen.
Eine Viertelstunde später sieht Sonja
etwas Gelbes leuchten. Sie rennt hin.
»Ein Eierschwammerl!« ruft sie.

Die Eltern kommen zu ihr.
Es ist wirklich ein Eierschwammerl.
Das allererste Eierschwammerl im Jahr.
Bald darauf finden auch die Eltern
Eierschwammerln.
Manchmal stehen sie in großen
Gruppen, zwanzig und mehr.
Bald sieht man den Boden
des Korbes nicht mehr.
Sonja rennt hierhin und dorthin.
Plötzlich sieht sie im Dickicht
ein Dach aus Zweigen und Blättern.
Sie geht näher.
Da steht ein richtiges Waldhaus,
mit geflochtenem Dach
und geflochtenen Wänden.
In einer Wand ist eine Tür.
Sonja muß sich bücken,
um hineinzugehen.
In der Mitte des Hauses steckt
in einem Baumstamm eine Axt
mit blauem Griff.

Ringsum sind Werkzeuge angeordnet,
wie ein Stern:
Feilen und Zangen, Bohrer
und Schraubenzieher.
Außen herum stehen Dosen
mit Nägeln und Schrauben.
In der Ecke ist noch etwas.
Sonja will gerade nachsehen,
da hört sie die Mutter rufen.
Schnell läuft sie zu den Eltern.

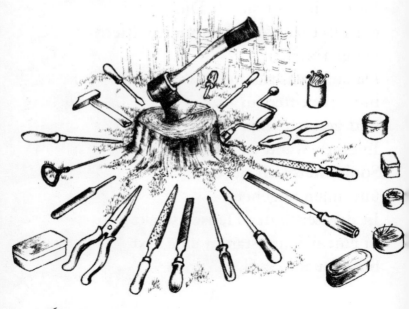

Die sollen das Lager nicht sehen.
Sonja weiß selbst nicht, warum.
Der Korb ist schon halb voll.
Sie gehen nach Hause.
Frau Hausner freut sich.
»Das gibt ein feines Abendessen!«
Der Vater und die Mutter
putzen die
Eierschwammerln.
Der Vater sagt:
»Ich würde heute
gern kochen,
wenn Sie nichts
dagegen haben,
Frau Hausner.«
»Sie?« fragt
Frau Hausner,
»Sie sind doch
ein Mann!«
Der Vater
bindet die
Schürze um.

»Männer können auch kochen.«
Das Essen ist noch nicht ganz fertig,
als Peter und Herr Hausner hereinkommen.
Peter sieht Sonjas Vater mit der Schürze
und hält sich die Hand vor den Mund.
Alle drei Hausners probieren
ganz vorsichtig.
Als hätten sie Angst, daß die
Eierschwammerln beißen könnten.
Dann sagt der Herr Hausner ganz
verwundert: »Aber das schmeckt ja
wunderbar!«
Peter nimmt eine zweite Portion,
und dann eine dritte.
Aber Sonja merkt genau, daß er
einen kochenden Vater komisch findet.
Obwohl es ihm so gut schmeckt.
Nach dem Abendessen kommt die
Ringelkatze in die Küche.
Hinter ihr tapsen die sieben Kätzchen.
Sie heben die Beine hoch,
als ob sie nicht über Linoleum gingen,

sondern durch eine Wasserlache.
Das siebente sträubt sein dünnes
Schwänzchen zu einer richtigen
Flaschenbürste.
Es spielt großer gefährlicher Kater.
»Ja, da schau her«, sagt Frau Hausner,
»hast mich wieder drangekriegt.«
Die Ringelkatze reibt ihren Kopf
an Frau Hausners Beinen.
Peter nimmt ein schwarzes Kätzchen

mit weißer Schwanzspitze auf den Arm.
Ganz vorsichtig streichelt er es.
»Die Alte weiß ganz genau, daß ich
die Jungen jetzt nicht mehr
ersäufen kann«, sagt Herr Hausner.
Das kleine Schwarze auf Peters Arm
beginnt zu schnurren. Es kann noch
nicht so gut schnurren wie seine Mutter,
aber es bemüht sich.
»Immer versteckst du deine Kinder«,
sagt Frau Hausner. »Und dann haben wir
die Schererei. Als ob es so einfach wäre,
Plätze für Katzen zu finden!«
Sie klingt verärgert, aber sie streicht
der Ringelkatze über den Kopf.
»Eine gute Mäusefängerin ist sie«,
erklärt sie, als müßte sie sich
entschuldigen.
Sonja zupft die Mutter am Ärmel.
»Die kleine Weiße ist
besonders lieb, gelt?« sagt sie,
»die schaut so frech.«

Die Mutter weiß genau, was kommt.
Alle Augen sind auf sie gerichtet.
Aber sie schüttelt den Kopf.
»In einer Stadtwohnung geht das nicht...«
Sonja will etwas sagen.
Aber die Mutter läßt sie
nicht zu Wort kommen.
»Nerv mich jetzt nicht.
Übermorgen können wir meinetwegen
darüber reden –, wenn es unbedingt
sein muß.«
Sonja beschließt, bis übermorgen
ganz ungeheuer brav zu sein.
Ein richtiges Musterkind wird sie sein.
Dann kann die Mutter gar nicht anders
als »ja« sagen.
Die Katze geht hinaus, ihre Kinder
im Gänsemarsch hinterdrein.
Peter winkt Sonja.
»Komm, ich zeig dir was!«
Er führt sie in den Schuppen
und steigt die Leiter hinauf.

Oben im Heu ist eine Höhle
ausgebuddelt.
Da stehen zwei Schüsselchen.
Im einen ist noch ein Rest Milch.
Im anderen ist nur eine tote Fliege.
»Ich hab sie schon lang entdeckt«,
sagt Peter.
»Da hab ich der Ring-Lotte
immer das Essen hingestellt.«
Sonja wundert sich.
Der kann ja nett sein!
»Ring-Lotte ist ein lustiger Name«,
sagt sie.
Peter kratzt sich am Schienbein.
»Zuerst haben wir geglaubt,
es ist ein Kater.
Da hab ich ihn Ringel-Otto genannt.
Na ja –, dann war's halt eine Ring-Lotte.«

Sie sitzen nebeneinander im Heu.
»Du«, fängt Sonja an, »du – ich
hab euer Lager im Wald entdeckt.«
»Hast du's deinen Eltern gezeigt?«
fragt Peter schnell.
»Ich bin doch nicht blöd!« sagt Sonja.
Peter brummt irgendwas. Sonja sagt:
»Da könnte man Moosbetten machen...«
Peter tippt sich an die Stirn.
»Dort wird nicht Vater–Mutter–Kind
gespielt. Das ist ein richtiges Lager.
Ein Männerlager.«
Und der Weihnachtsengel? möchte
Sonja fragen.
Da sieht sie, wie Peter rot wird.
»Der Gitti gehört das Werkzeug«,
sagt er. »Hat sie selbst geklaut –
fast alles.«
Sonja steigt die Leiter hinunter.
Auf der Dorfstraße spielen
die Kinder Ball.
Die Gitti ist auch dabei.

Sonja schaut eine Weile zu.
Keiner fragt: »Willst du mitspielen?«
Der Knoten in ihrem Hals
wird wieder größer.

Am nächsten Morgen fährt
der Traktor vorbei, als Sonja eben
aus dem Haus kommt.
Peter winkt herunter.
Sonja winkt nicht zurück.
Die Eltern sagen: »Wir werden heute
beim Heuen helfen.«
Jeder nimmt einen Rechen
auf die Schulter.
Sie gehen durch das Dorf
und dann den steinigen Feldweg bergauf.
Sonja trottet hinterdrein.
Das Gras auf der Wiese
ist schon geschnitten.
Es muß jetzt gewendet werden,
damit es von allen Seiten gut trocknet.
Bei Frau Hausner sieht das ganz

leicht aus. Wie im Vorübergehen
dreht sie die Büschel um.
Bei den Eltern sieht es nicht so
leicht aus. Der Vater schwitzt schon
nach kurzer Zeit.
Immer wieder bleibt er stehen
und wischt sich über das Gesicht.
Die Mutter hat schon
drei Blasen an der Handfläche.
Frau Hausner dreht sich um.
»Machen Sie doch eine Pause«,
sagt sie. »Wenn man das Arbeiten
nicht gewöhnt ist, tut man sich schwer.«
»Arbeiten bin ich schon gewöhnt«,
sagt die Mutter.
»Aber sicher«, beeilt sich Frau Hausner
zu sagen. Sie beeilt sich zu sehr.
Man merkt genau, daß Arbeit am Schreib-
tisch für sie keine richtige Arbeit ist.
Die Mutter schaut gekränkt.
»Wenn man mich an eine Schreibmaschine
setzen möcht, da käm ich auch nicht

zurecht«, sagt Frau Hausner.
Aber hier ist weit und breit
keine Schreibmaschine.
Hier ist die Wiese und das Heu.
Das Heu, das sich wie von selbst umdreht,
wenn die Frau Hausner
nur mit dem Rechen ankommt.
Und das sich sperrt und spießt,
wenn die Mutter oder der Vater
oder Sonja es zu wenden versuchen.

Sonja schämt sich.
Sie findet es blöd,
daß sie sich schämt.
Trotzdem schämt sie sich.
Peter und die Buben
laufen in den Wald.

In der Ferne hört Sonja sie lachen.
Als die Buben aus dem Wald
zurückkommen, haben sie
blau verschmierte Münder
und blau verschmierte Hände.
Frau Hausner bedankt sich
bei den Eltern für die Hilfe.
Sie bedankt sich auch bei Sonja.
In Sonjas Ohren klingt das so,
wie sich die Mutter bedankt,
wenn ihr die dreijährige Anna
von der Nachbarin beim Aufräumen
geholfen hat.
Als sie daheim sind, ruft Peter:
»Barry!«
Barry kommt aus seiner Hütte
geschossen.
Peter steht genau vor Sonja.
Im letzten Augenblick springt er
zur Seite, und Barry rennt Sonja
wieder einmal um.
Draußen auf der Dorfstraße stehen

die Kinder, gucken zu und lachen.
Der Weihnachtsengel lacht am
lautesten.
»Fahren wir doch heim«, sagt Sonja
nach dem Mittagessen zu den Eltern.
»Nächste Woche kriegt die Bless
ihr Kalb«, sagt die Mutter.
»Mir doch egal«, brummt Sonja.
»Morgen gehen wir an den See baden«,
sagt der Vater.
»Mir doch egal«, brummt Sonja.
Die Eltern schlagen
einen Spaziergang vor.
Sie kommen zu einem Hochstand.
Der Vater steigt hinauf.
»Was für eine herrliche Aussicht!«
ruf er. »Kommt herauf!«
Sonja findet die herrliche
Aussicht fad.
Später pflücken sie Heidelbeeren.
Sonja findet das Beerenpflücken fad.
Die Mutter zeigt ihr vier Ameisen,

die eine tote Raupe schleppen.
Sonja findet die Ameisen fad.
Dann reden die Eltern
nur noch miteinander.
Sonja trottet hinterher.
Sie tut sich leid.
Wenn ich da hinunterginge,
bis zur großen Birke...
und dann den Weg vor
bis zu den Brombeerbüschen...
und dann in den Wald
bis zur verfallenen Futterkrippe...
und dann schräg hinauf
über den Erdbeerschlag...
dann käme ich in den Jungwald.
In den Jungwald, wo das Lager ist.
Und dann könnte ich die Nägel
verstreuen. Oder die Konservendosen
in den Bach werfen.
Oder das Dach einreißen.
Oder den Baumstumpf zerhacken
mit der Axt.

Oder alles zugleich.
Dann würde der Peter schauen.
Und wie der schauen würde.
Sie stellt sich das alles vor,
ganz genau.
Sie stellt sich vor, wie sie zuletzt
ihren Namen in den Waldboden schreibt,
mit einem Stock.
Damit die auch wissen, wer
das getan hat.
Damit die auch wissen, warum.
Aber plötzlich ist die Wut weg.
Das zerstörte Lager gefällt
Sonja nicht.
Überhaupt nicht.
Der Vater hat eine leuchtend blaue
Feder gefunden.

»Schau, Sonja, die ist
von einem Eichelhäher.«
Sonja nickt nur kurz.
Vogelfedern sind ihr heute auch egal.

Da schenkt der Vater der Mutter
die blaue Feder.
Sonja ist beleidigt.
›Keinen Bissen werde ich heute abend
essen. Und wenn sie noch so sehr
betteln‹, denkt sie.
Aber dann gibt es gebackene Mäuse
mit Himbeersaft.
»Selbstgemachter Himbeersaft«,
sagt Frau Hausner.
Der Saft duftet Sonja in die Nase.
Sie nimmt einen Bissen,
nur so zum Kosten,
und noch einen Bissen –
und noch einen Bissen.

Plötzlich ist der Teller leer.
Frau Hausner füllt ihn nach.
Sonja ißt. Es schmeckt köstlich.
Aber sie ärgert sich, daß sie ißt.
Herr Hausner schiebt
seinen Teller weg.
Er mustert seinen Sohn.
»Du, Peter«, sagt er, »ich hab
vorhin die kleine Axt gesucht.
Die mit dem blauen Stiel.
Hast du eine Ahnung, wo die
sein könnte?«
»Nein«, sagt Peter.
»Es ist zum Verrücktwerden, wenn das
Werkzeug immer verschwindet«, sagt
Herr Hausner. »Die blaue schneidet
am besten von allen.«
Peter beugt sich über seinen Teller.
Aus dem Augenwinkel guckt er
zu Sonja hin.
Sonja sieht genau,
wie Peter zu essen aufhört.

Seine Gabel steht auf halbem Weg
zwischen Teller und Mund.
Der Himbeersaft tropft.
»Wir können nach dem Essen suchen
gehen«, sagt sie, »der Peter und ich.«
Herr Hausner meint, er hat schon
überall geschaut.
Sonja erklärt: »Ich bin
ein guter Finder!«
Mit dem letzten Bissen im Mund laufen
Peter und Sonja aus der Küche.
Sie laufen in den Schuppen
und klettern hinten hinaus.
Sie laufen bis zum Wald.
»Du kannst ja rennen!« keucht Peter.
»Was hast du denn geglaubt?«
keucht Sonja.
Sie gehen ein Stück nebeneinander her.
Peter hebt einen trockenen Ast auf
und schlägt damit auf den Boden.
Dann laufen sie wieder.
Im Jungwald ist es schon dämmrig.

Es knackt in den Zweigen.
Es knistert im Gestrüpp.
Schatten wandern über den Boden.
Ein Baum knarrt wie eine alte Tür.
»Das ist unser Wachbaum«,
sagt Peter. »Der knarrt
immer, wenn ein Fremder
kommt.«
»Aber jetzt knarrt er bei dir!«
»Weil ich sonst nie um die Zeit
komm«, behauptet Peter.
Er geht in die Knie und
kriecht in das Waldhaus.
Sonja kriecht ihm nach.
Die Axt blinkt im Halbdunkel.
Peter sagt: »Ich zeig dir was!«
Er hebt die Zweige in der Ecke auf.
Da ist ein Loch, und in dem Loch
ist eine kleine Kiste.
Feierlich trägt Peter die Kiste
zu der kleinen Lichtung,
wo es noch hell ist.

»Du darfst schauen!«
lädt er Sonja ein.
In der Kiste sind viele Schnecken-
häuser, getüpfelte, gebänderte,
große und kleine.

Da gibt es Knöpfe, die funkeln.
Da gibt es Murmeln und Steine
und bunte Scherben.
Sonja hält sich eine vor das
rechte Auge und kneift das linke zu.
Der Wald wird rot und golden.
Peter nimmt eine Zündholzschachtel
aus der Kiste und bewegt sie
an Sonjas Ohr.
»Weißt du, was da drin ist?
Tote Käfer, ganz eingeschrumpelt.
Magst du schauen?«

»Wir müssen doch zurück«, sagt Sonja.
Peter trägt die Schatzkiste zurück
und holt die Axt.
Auf dem Feldweg ist es noch hell.
Peter steckt die Axt unter sein Hemd.
Sonja sagt: »Paß auf, daß du dich
nicht schneidest.«
»Sowieso«, sagt Peter.
Ein riesengroßer Heuschreck hüpft
auf Sonjas Arm.
Er hüpft schnell wieder weg.
Ein erschrockener Heuschreck.

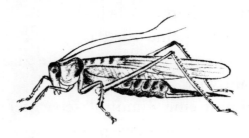

Peter grinst Sonja an.
Sonja grinst zurück.
Als sie über den Hof schleichen,
fängt Barry an zu bellen.

Peter rennt in den Schuppen.
Die Tür fällt hinter ihm zu.
Sonja ist mit dem Riesenhund allein.
Er steht zwischen ihr
und der Schuppentür,
und er bellt wie nie zuvor.
Aber da geht die Tür auf.
Peter packt Barry am Halsband.
»Dummer Hund«, sagt er. »Laß
die Sonja in Ruhe.«
Herr Hausner kommt aus dem Stall.
»Na?« fragt er.
Peter hält die blaue Axt hoch.
Herr Hausner freut sich.
Er fragt überhaupt nicht,
wo sie die Axt gefunden haben.
Frau Hausner fragt nur:
»Also, wer war der Finder?«
Peter zeigt auf Sonja.

Schon am Morgen ist es heiß.
Die Fliegen schwirren und klatschen

gegen die Fensterscheiben.
Die Eltern wollen heute
im Garten bleiben und lesen.
Peter hat auf Sonja gewartet.
»Kommst du mit?« fragt er.
Sonja nickt.
Sie laufen den Weg hinunter zum Wald.
Links liegt ein Maisfeld.
Das hat Sonja bisher
noch gar nicht gesehen.
»He!« sagt sie. »Glaubst du,
wir können uns ein paar Kukuruz
nehmen?«
»Wofür?« fragt Peter.
»Zum Essen natürlich.
Maiskolben schmecken gut!«
Peter lacht.
»Die sind doch nur für die Schweine
und für die Hühner.«
»Anderswo essen das die Leute«,
sagt Sonja.
»Stadtleute vielleicht«, sagt Peter.

Als er merkt, daß Sonja sich ärgert,
bricht er ein paar Kolben ab und sagt:
»Aber wir können's ja probieren.«
Peter und Sonja gehen
zwischen den Stauden
und brechen hier einen Kolben
und dort einen Kolben.
Die Stauden sind hoch,
viel höher als Sonja.
Vielleicht sogar höher
als die Eltern.
Plötzlich ist Sonja ganz allein
zwischen den hohen Stauden.
Da hört sie Peter rufen: »Sonja!«
Manchmal ist es gut,
wenn man gerufen wird.
Peter zieht sein Hemd aus
und packt die Maiskolben hinein.
Auf der Dorfstraße treffen sie
den Weihnachtsengel.
»Was habt ihr denn da?«
»Kukuruz«, sagt Peter. »Siehst du doch.«

»Wozu?« fragt der Weihnachtsengel.
»Zum Essen natürlich«, sagt Peter.
Der Weihnachtsengel nutscht
wie ein Schwein und gackert
wie ein Huhn.
»Du hast halt keine Ahnung«,
sagt Peter. »Überall essen
die Leute Kukuruz.«
Sonjas Vater kommt dazu.
»Ich wette mit dir, daß dir
Kukuruz schmeckt«, sagt er
zum Weihnachtsengel.
Der reicht dem Vater ernst die Hand.
Die Wette gilt.
Am Nachmittag fährt der Vater
in die Stadt einkaufen.
Am Abend baut er aus Ziegeln
eine Feuerstelle im Hof.
Peter hilft ihm dabei.
Ein alter Betteinsatz wird der Rost.
Peter legt ihn auf die Ziegel,
sobald das Feuer heruntergebrannt ist.

Auf den Rost kommen abwechselnd
Maiskolben und Würstel.
Bald duftet es im Hof.
Die Hausners kommen,
dann der Weihnachtsengel,
dann die Weihnachtsengel-Eltern,
dann die Nachbarn von rechts
und die Nachbarn von links.
Jeder bekommt ein Glas
in die Hand gedrückt.
Der Vater nimmt den ersten Maiskolben
vom Rost, streut Salz darauf und
reicht ihn dem Weihnachtsengel.
»Na?« fragt der Vater.
»Nutsch-nutsch«,
macht der Weihnachtsengel,
»gar nicht so schlecht«,
und sieht zu, wie der Vater
die Maiskolben verteilt.
Ihr Gesicht wird immer länger.
Kein einziger Kukuruz bleibt übrig.
Aber da legt der Vater

eine neue Reihe auf.
»Schmeckt's?« fragt er in die Runde.
Rundum nicken alle.
»Sowieso«, sagt Peter. »Würstel
und Kukuruz war schon immer
mein Lieblingsessen.«

LEICHTLESEBÜCHER BEI THIENEMANN

Hans Baumann
Der Schatz auf der Dracheninsel
Illustrationen von Manfred Schlüter
88 Seiten, ISBN 3 522 15060 0

Sigrid Heuck
Die verzauberte Insel
Illustrationen von Edith Witt-Hidé
80 Seiten, ISBN 3 522 15120 8

Boy Lornsen
Der Hase mit dem halben Ohr
Illustrationen von Reinhard Michl
80 Seiten, ISBN 3 522 15080 5

Christine Nöstlinger
Liebe Susi, lieber Paul
Illustrationen von Christine Nöstlinger jun.
96 Seiten, ISBN 3 522 15000 7

Wilhelm Topsch
Die bärenstarke Bärbel
Illustrationen von Daniele Winterhager
80 Seiten, ISBN 3 522 15090 2

THIENEMANN